KB182698

여기는

문 해력

늘 어

나

라

초판 1쇄 발행 2024년 12월 20일 | **초판 2쇄 발행** 2025년 1월 31일

글쓴이 조은수 | **그린이** 보람

펴낸이 홍석 | **이사** 홍성우 | **편집부장** 이정은 | **책임편집** 조유진 | **디자인** 권영은 · 김영주

마케팅 이송희 · 김민경 | **제작** 홍보람 | **관리** 최우리 · 정원경 · 조영행

펴낸곳 도서출판 풀빛 | **등록** 1979년 3월 6일 제2021-000055호 | **제조국** 대한민국 | **사용연령** 6세 이상

주소 서울특별시 강서구 양천로 583 우림블루나인 A동 21층 2110호

전화 02-363-5995(영업) 02-362-8900(편집) | **팩스** 070-4275-0445

전자우편 kids@pulbit.co.kr | **홈페이지** www.pulbit.co.kr | **블로그** blog.naver.com/pulbitbooks | **인스타그램** instagram.com/pulbitkids

ISBN 979-11-6172-977-0 74810

여기는

문해력 늘 어나라

1. 어휘 함정과
동화 속 친구들

부사

조은수 글 | 보람 그림

어제씨

그림씨

움직씨

풀빛

등장인물

가보라
세상에서 책 읽는 게 가장 싫은 보통의 어린이.
그러던 어느 날 책 속으로 들어가게 되는데…….

책 먹는 하이에나
그림자처럼 스르륵 나타나, 책 속으로 들어가는
비밀을 알려 주는 까칠한 하이에나.

문어 초등학교 선생님
동화책에 등장하는 마귀할멈을 꼭 빼닮은 선생님.
과연 선생님의 정체는?

피노키오
보라와 소풍을 같이 다니는 짝꿍.
가보라처럼 이름에 받침이 없는 것이 특징.

동화 속 친구들
문어 나라에서 보라의 든든한 친구가 되어 주는
동화 속 주인공들.

차 례

모든 퀴즈의 정답은 98~104쪽에 있어요.

1. 책 속에 문이 있다고?

'너무 떨려서 잠이 안 와.'

한밤중인데도 보라는 정신이 말똥말똥했어. 내일이 새 학기 첫 등교일이거든.

'담임 선생님은 누굴까? 제발 무서운 선생님만 아니면 좋겠는데……. 짝꿍도 너무 궁금해!'

이런저런 생각에 빠져 있는데 창문에 휙 그림자가 비 쳤어. 보라는 온몸이 오싹해졌어.

'뭐지? 귀신?'

그때 그림자가 커튼 뒤에서 튀어나왔어. 두 귀가 쫑긋 한 동물이었어.

"으악! 엄마, 내 방에 여우가 있어요!"

"보라야, 너 아직도 안 자니? 그러다 내일 지각해."

엄마는 당연히 장난이라고 생각했지. 방에 여우가 있 다는 말을 누가 믿겠어? 그 순간 여우가 입을 크게 벌렸

7

어. 보라는 눈을 질끈 감았어.

"넌 하이에나랑 여우도 구별하지 못하니? 근데 네 방
엔 책이 별로 없네. 나 배고픈데."

하이에나 배에서 꼬르륵 소리가 났어. 보라의 얼굴이
새하얗게 질렸어. 하이에나가 마음을 읽기라도 한 듯 냉
큼 말했어.

"걱정 마. 난 책 먹는 하이에나니까. 줄여서 '책먹나'라

고 불러 줘."

"책 먹는 여우는 들어 봤어도 책 먹는 하이에나는 처음 듣는데……."

보라가 놀라서 책먹나를 바라봤어.

"내일 학교 가는 게 기대되나 봐? 설레서 잠도 못 자고."

"당연하지! 근데 학교 가는 것만 좋아. 학교에서 책 읽는 건 싫어. 무슨 말인지 하나도 모르겠어. 게임처럼 재미있는 걸 두고 왜 움직이지도 않는 책을 봐야 해?"

책먹나가 두 눈을 반짝였어.

"어머, 얘 말하는 것 좀 봐. 그건 네가 아직 책 속에 들어가 본 적이 없어서 그래. 책 속에서는 모든 게 살아서 움직인다고. 게임보다 훨씬 재미있어."

"풋, 책 속에 어떻게 들어가니?"

보라가 코웃음 치며 대꾸했어. 그러자 책먹나가 차분한 목소리로 말했지.

"여기서 아무 책이나 꺼내 봐."

보라의 책장에
동화책 여러 권이
꽂혀 있어.
빈칸을 채워
책 제목을 완성해 줘.

미운 오리 새끼

키다리 아저씨

백설공주

걸리버 여행기

이상한 나라의 앨리스

집 없는 아이

엄지공주

로빈 후드

비밀의 화원

라푼젤

잭과 콩나무

빨간 모자

미녀와

알프스 소녀 하이디

오즈의 마법사

톰 소

레

거

산

장

장난

베

"다른 책들은 다 아는데, 이건 처음 봐."

보라가 《문어 나라로 오세요》를 책먹나에게 건넸어.

"우선 책을 펼쳐야 해. 아무리 대단한 마법사라도 책을 펼치지 않고는 책 속으로 들어갈 수 없는 법!"

책먹나가 무슨 마법이라도 부리는 것처럼 천천히 책을 펼쳤어. 그리고 첫 장을 읽기 시작했지.

"여기는 문어 나라. 하지만 문어는 살지 않죠."

'뭐야. 책 읽기야 누가 못 해?'라고 생각한 순간 책먹나가 속삭였어.

"쉿, 이야기에 집중하지 않으면 책 속으로 들어가는 문을 찾을 수 없어."

보라는 하는 수 없이 조용히 귀를 기울였어. '생각보다 이야기가 재밌네.'라고 생각한 순간 책먹나가 다시 속삭였어.

"봐, 여기 비밀의 문이 있잖아."

책먹나가 문고리를 홱 잡아당겼어. 눈부시게 환한 빛이 쏟아졌어. 꼭 아침 같았어. 보라는 생각했지.

'내가 하이에나를 만난 게 꿈이었구나. 어쩐지 말이 안 되잖아. 이제 세수하고 학교 가야겠다.'

그때 책먹나가 보라의 손을 잡고 열린 문 사이로 뛰어 들었어.

"꿈이라니? 이건 진짜야! 네가 다니는 풀빛 초등학교 말고 문어 나라의 문어 초등학교로 가자!"

2. 여기는 문어 나라

문어 나라로 들어가는 문은 기역처럼 생긴 기역 씨가 지키고 있었어. 기역 씨가 보라를 막아 세웠어.

"넌 이름이 뭐니?"

"저는 가보라예요. 얘는 책 먹는 하이에나고요."

"책먹나는 여기 자주 와서 잘 알아. 넌 문어 나라에 처음 왔군."

"네……. 여기 문어들이 사는 곳 맞죠?"

"문어는 한 마리도 안 살아. 문어 나라에 대해 하나도 모르는군! 그렇다면 문어 초등학교 0학년 교실로 가라!"

0학년이라는 말에 보라는 깜짝 놀랐어. '0학년'이 있는 초등학교는 세상에 없으니까! 정말 책 속에 들어오기라도 한 걸까? 상상력이 가득한 책 속에는 0학년이 있을지도 모르잖아!

보라의 마음을 아는지 모르는지 기역 씨는 보라에게 지도 하나를 휙 던지고 문을 열어 주었어.

"문어 나라에 온 것을 환영해."

보라는 한 발짝 두 발짝 문어 나라로 입장했어. 기역

씨가 준 지도를 이리저리 살피면서. 그때 책먹나가 지도를 톡톡 건드렸어.

"지도를 펼쳐 봐."

"문해력 늘어 나라? 이걸 줄여서 문어 나라라고 한 거야?"

"정답! 그나저나 너 때문에 나도 문어 초등학교 0학년 교실에 가게 생겼군. 뭐, 어디든 책만 많으면 상관없지만. 따라와, 내가 안내할게."

책먹나가 앞장서서 성큼성큼 걸었어. 얼마나 가까운지 금방 학교 정문을 지나 교실에 도착했지. 마침 담임 선생님이 출석을 부르고 있었어.

"헨젤!"

"네."

"피노키오, 왔니?"

"저 왔어요."

"빨간 모자는?"

"저도 왔어요."

"후크 선장!"

"왔습니다."

"라푼젤과 왕자도 왔지?"

"당연하죠!"

"가보라!"

"저요? 네, 네!"

보라는 자기도 모르게 대답하며 생각했어.

'모두 어디선가 들어 본 이름인데…….'

"당연하지. 우리는 모두 동화책 주인공이거든. 나는 빨간 모자야."

아까는 책먹나가 그러더니, 이번엔 빨간 모자가 보라의 마음을 읽고 대답했어.

"빨간 모자? 넌 어느 동화책 주인공인데?"

"그야 물론 《빨간 모자》지. 가보라 너 진짜 책 안 읽는구나? 내가 또 나서야겠군."

책먹나가 어느새 옆에 와 대답을 가로챘어. 한껏 잘난 척하는 말투로 말이야.

헨젤이 등장하는 《헨젤과 그레텔》 이야기야.

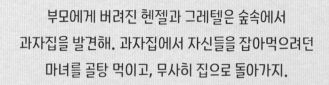

부모에게 버려진 헨젤과 그레텔은 숲속에서
과자집을 발견해. 과자집에서 자신들을 잡아먹으려던
마녀를 골탕 먹이고, 무사히 집으로 돌아가지.

빈칸에 알맞은 말을 낱말 서랍에서 골라
동그라미 쳐 봐.

포동포동
통통하게 살이 찐 모양

쭈글쭈글
주름이 많이 잡힌 모양

비실비실
힘없이 흐느적거리는 모양

비쩍비쩍
아주 말라 야윈 모양

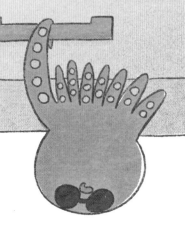

이번엔《피노키오》이야기를 들려줄게.

피노키오는 제페토 할아버지가 만든 나무 인형이야.
거짓말을 하면 코가 길어져. 모험 중 고래에게 잡아먹힌 피노키오를
할아버지가 구하고, 마침내 피노키오는 사람이 돼.

빈칸에 알맞은 말을
낱말 서랍에서 골라 동그라미 쳐 봐.

뚝뚝
무언가 부러지는 모양

쑥쑥
갑자기 자라는 모양

총총
무언가 빽빽한 모양

찍찍
선을 세게 긋는 모양

《빨간 모자》는 어떤 이야기냐고?

빨간 모자는 엄마 심부름으로 할머니 댁으로 가는 길에 늑대를 만나.
늑대는 할머니가 아프단 걸 알고 할머니를 잡아먹은 뒤,
할머니인 척 빨간 모자를 속이지.
그때 사냥꾼이 나타나 늑대를 물리치고, 할머니와 빨간 모자는 행복하게 살아.

빈칸에 알맞은 말을
낱말 서랍에서 골라 동그라미 쳐 봐.

뾰족
사물의 끝이
날카로운 모양

뭉툭
사물의 끝이
날카롭지 않고
무딘 모양

《라푼젤》에는 라푼젤과 왕자가 등장해.

라푼젤은 노파로 변신한
마녀 때문에 높은 탑에 살아.
탑이 얼마나 높고 주변이 위험한지
아무도 만날 수 없었지.
그러던 어느 날 왕자가 나타나
라푼젤을 구하고, 두 사람은
노파의 정체를 밝히는 데
성공해.

빈칸에 알맞은 말을
낱말 서랍에서 골라
동그라미 쳐 봐.

주렁주렁
열매가 많이 달린 모양

미끌미끌
몹시 미끄러운 모양

치렁치렁
기다란 무언가가 흔들리는 모양

마지막으로 후크 선장이 나오는 《피터팬》 이야기는 말이야.

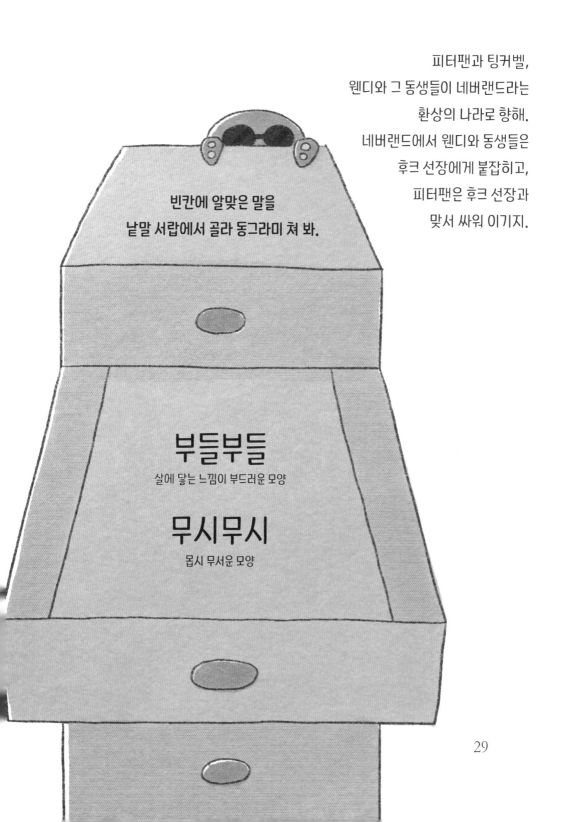

빈칸에 알맞은 말을
낱말 서랍에서 골라 동그라미 쳐 봐.

피터팬과 팅커벨,
웬디와 그 동생들이 네버랜드라는
환상의 나라로 향해.
네버랜드에서 웬디와 동생들은
후크 선장에게 붙잡히고,
피터팬은 후크 선장과
맞서 싸워 이기지.

부들부들
살에 닿는 느낌이 부드러운 모양

무시무시
몹시 무서운 모양

선생님이 손뼉을 두 번 쳤어.

"자, 출석 다 불렀으니 시험 보자."

"네? 배우지도 않고 시험을 보나요? 저는 오늘 처음 왔는데요……."

보라는 가슴이 철렁했어. 책 속에 들어와서도 시험을 보게 될 줄이야!

"먼저 시험을 봐야 뭘 배울지 정하지 않겠니? 선생님 말을 따르도록."

옆자리에 앉은 라푼젤이 보라에게 속삭였어.

"그냥 마귀할멈이 하자는 대로 해. 그게 좋을 거야."

"담임 선생님이 왜 마귀할멈이야?"

"쉿! 조용히 말해. 마귀할멈이 담임 선생님을 맡았으니까 담임 선생님이 마귀할멈이지. 앞에 놓인 출석부 보여? 저건 평범한 출석부가 아니야. 마법의 주문을 적은 책이야."

"그럴 리가……."

보라가 믿지 못하겠다는 듯 중얼거렸어. 그러다 이내

다시 고개를 저었어. 여기는 책 속이니까 어쩌면 진짜일지도 모른다는 생각이 든 거지!

 "생각해 봐. 평범한 출석부인데 선생님이 날마다 소중한 보물처럼 쓰다듬고 껴안을 리가 없잖아."

 마법의 출석부라니! 보라는 가슴이 두근거렸어. 왠지 짜릿한 학교생활이 펼쳐질 것 같았지.

 "떠들지 말고 어서 시험 볼 준비하도록."

 보라는 두리번거렸지만 어디에도 시험지가 없었어.

 "선생님, 시험지가 어디 있어요?"

 "자, 시험 문제 들어오세요."

 선생님의 말에 교실 앞문이 열리고 특이하게 생긴 자들이 우르르 들어왔어.

 "문어 나라에 사는 여섯 가문을 소개할게. 소개가 끝나면 여섯 가문이 직접 퀴즈를 낼 거야. 퀴즈를 못 맞히면 책 밖으로 쫓겨날지도 모르니 다들 열심히 푸는 게 좋을걸?"

화분

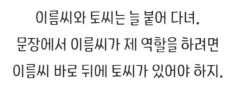

이름씨와 토씨는 늘 붙어 다녀.
문장에서 이름씨가 제 역할을 하려면
이름씨 바로 뒤에 토씨가 있어야 하지.

동생에게 용돈을 주다.

여기서 이름씨는 ⬛이고, 토씨는 ⬜야.
아래 문장에서 토씨 2개를 찾아 동그라미 쳐 봐!

가보라는
책을 읽고 있다.

보라는 겨우겨우 이름씨와 토씨가 내는 퀴즈를 다 풀었어.

왜 겨우겨우 풀었냐고? 옆에서 누군가가 계속 이리저리 움직이는 바람에 도무지 시험에 집중할 수 없었거든. 보라는 꾹 참다가 결국 터져 버리고 말았어.

"그런데 저분은 누군데 저렇게 돌아다녀요? 정신이 하나도 없어서 시험에 집중이 안 돼요!"

"움직씨라 어쩔 수 없어."

움직씨가 고개를 끄덕였어.

"방해했다면 미안. 난 이름처럼 움직임을 나타내는 게 일이거든. 서다, 앉다, 뛰다, 걷다, 놀다, 공부하다, 웃다, 울다, 운동하다, 쉬다, 굶다, 먹다……."

선생님이 좋은 생각이 난 듯 환하게 웃으며 말했어.

"말 나온 김에 내 노래에서 움직씨를 골라 봐."

선생님은 눈을 지그시 감고, 한껏 감정을 끌어올려 노래를 부르기 시작했어.

가을밤은 벌레 잡는 밤

과자집 뒤뜰이 어두워지면

마녀들은 눈물을 흘리며

마루 밑에 누워 돌 개수만 셉니다

"노래가 끝났는데도 왜 다들 꿀 먹은 벙어리지? 너무
감동해서 말이 안 나오나?"

"음이 하나도 안 맞아서 잘 못 들었어요."

선생님 얼굴이 일그러졌어. 보라는 얼른 노래를 되뇌어 봤어.

가을밤은 벌레 잡는 밤

과자집 뒤뜰이 어두워지면

마녀들은 눈물을 흘리며

마루 밑에 누워 돌 개수만 셉니다

"알았어요! 잡다, 흘리다, 눕다, 세다!"

"제법인데?"

그때 보라의 눈에 빠른 속도로 스케치북을 한 장 한 장 넘기는 그림씨가 보였어. 보라는 또 궁금증을 못 참고 물었어.

"저분은 왜 그림만 그려요? 그림씨라서요?"

"맞아. 그림씨라서 그래. 그림씨는 어떤 상태를 나타내거나 모양을 표현하는 일을 하거든."

선생님이 이번에는 노래 대신 그림씨로 자기를 설명해 보겠다고 했어.

"나는 예쁘다, 아름답다, 훌륭하다, 친절하다!"

보라는 선생님을 뚫어지게 바라보았어. 그러자 선생님의 얼굴이 빨간 모자가 쓴 모자처럼 새빨개졌지. 선생님은 휙 돌아서며 보라에게 쏘아붙였어.

"가보라 너는 조그맣다, 그런데…… 눈부시다! 서투르다, 그런데…… 귀엽다!"

그러고는 반 친구들 사이로 쏙 숨었지. 뭐가 그렇게 부끄러운 걸까? 모두 퀴즈를 풀었는지 친구들이 하나둘 떠들기 시작했어. 선생님은 다시 손뼉을 두 번 쳤어.

"조용! 퀴즈를 다 풀었으면 이제 자기의 이름을 말하고, 삼행시를 지어 보자. 가보라부터!"

"저, 저요……? 저는 맨 마지막에 하면 안 될까요? 삼행시는 처음 해 봐서요."

선생님이 반 친구들을 둘러보았어.

"먼저 할 사람 있니?"

교실 맨 뒷자리에서 왕자가 코 후비던 손을 번쩍 들었
어. 그 바람에 코딱지가 우수수 떨어졌지만, 전혀 개의치
않고 책상을 탁탁 털었지.

" 왕 왕자처럼 멋있는 사람은 누구?
자 자, 모두 나를 봐. 바로 나니까!"

뒤이어 헨젤이 일어났지.

" 헨 헨젤과 그레텔에 나오는 헨젤이야.
젤 젤리와 과자로 지어진 집을 보면 조심해!"

보라는 고개를 갸웃했어. 헨젤 옆에는 당연히 그레텔
이 있을 줄 알았는데 없었거든.

'여동생은 어디 있지? 다른 학교 다니나?'

이제 라푼젤 차례였어.

" 라 라라라라 라푼젤 이름도 예쁘지.
   푼 푼수 같다고 우리 엄마는 말하지.
   젤 젤리처럼 머리카락이 긴 사람은 나뿐이지."

후크 선장이 어슬렁거리며 나왔어.

" 후 후후후 사람들은 나를 무서워하지.
   크 크크크 사람들은 나를 두려워하지.
   선 선을 넘지 않고 공격하는 게 내 원칙.
   장 장난처럼 상대를 방심시키는 게 내 특기."

다음 차례인 피노키오가 우물쭈물했어. 자신감이 없어
보였지. 몸을 배배 꼬며 어렵게 한 마디씩 내뱉었어.

" **피** 피하면 피할수록

  노 노력하면 노력할수록

  키 키가 아니라 코가 자라는

  오 오, 나는 거짓말이 들통나는 피노키오."

'이제 책먹나 다음에 내 차례인데 어떡하지?'

  보라는 가슴이 콩닥콩닥 뛰는 바람에 책먹나의 자기소개 삼행시는 하나도 귀에 들어오지 않았어. 드디어 보라 차례였어. 큼큼 목을 가다듬었지.

" **가** 가보라는 내 이름이야.

  보 보라색은 내가 가장 좋아하는 색깔이야.

  라 라면은 내가 가장 좋아하는 음식이야."

'후유, 무사히 끝냈다!'

너의 이름으로 삼행시를 지어 봐.
이름 글자 수에 따라
이행시, 삼행시, 사행시, 오행시, 다 좋아!
가족이나 친구 이름으로도 해 봐.

44

3. 조마조마 소풍

"자기소개를 마쳤으면 이제 조마조마 숲으로 소풍을 가 볼까?"

선생님의 말에 보라는 깜짝 놀랐어.

"첫날부터 소풍을 가다니! 첫날이라 당연히 교과서로 공부할 줄 알았는데……."

"여기는 뭐든 가능한 책 속이라니까. 학교에서 한 학기 동안 하는 건 하루 만에 다 할 수 있지. 소풍 가기 싫으면 안 가도 돼."

선생님이 팽 돌아섰어. 보라는 냉큼 선생님의 소맷자락을 잡았어.

"아니, 싫은 건 아니에요. 소풍 좋아요!"

"소풍에 가려면 도시락이 필요한데. 도시락은 가져왔겠지?"

"소풍 가는 걸 몰랐는데 어떻게 가져와요……."

"정말 손이 많이 가는군. 퀴즈를 맞히면 맛있는 도시락
을 주겠다!"
선생님이 품에서 출석부를 꺼내 여기저기 이쪽저쪽 들
춰 보기 시작했어.

"여기 어디 퀴즈가 있었는데. 아, 찾았다! 락 락 락으로 끝나는 말은?"

선생님의 갑작스러운 물음에 보라는 아무 말도 생각나지 않았어.

"그렇게 꼼지락대지만 말고 어서 말해 봐."

"너무 어려워요……."

"생각을 엎치락뒤치락 뒤집어 봐. 내 얼굴이 지금 어때 보여?"

선생님이 얼굴을 와락 가까이 들이댔어.

"선생님 얼굴이 울그락불그락해요!"

"정답! 거기 너희도 정신없게 오락가락하지 말고 퀴즈를 같이 풀어 봐."

도시락은 '락'으로 끝나는 말이야!
지금 바로 48쪽에서 '락'으로 끝나는 낱말 5개를 찾아봐.

1.

2.

3.

4.

5.

다 찾았다면 이번에는
너의 몸에서 '락'으로 끝나는 곳 3개를 찾아봐.

1.

2.

3.

보라는 도시락을 받을 생각에 두 손을 번쩍 내밀었어.
하지만 선생님은 피, 웃을 뿐이었지.

"퀴즈가 아직 남았다고. 우선 두 명씩 짝을 지어 봐!"

보라는 피노키오와 짝이 되었어. 이유는 가보라와 피
노키오 둘 다 이름에 받침이 없기 때문이라나 뭐라나?

"자기 짝을 찾았다면 이제 퀴즈 시작!"

낱말의 받침이 사라졌어!
ㄱㄴㄷㄹㅁㅂㅅㅇㅈㅊㅋㅌㅍㅎ 중 과연
어떤 받침이 사라졌을까?

낱말이 완성되도록 사라진 받침을 찾아 빈칸에 써 줘.

고 야 이

애 버 레

자 자 리

"후유, 겨우 받침을 다 찾았네."

보라와 피노키오는 안도의 숨을 내쉬었어.

"보라야, 원래 있던 받침이 빠지니까 왠지 낱말들의 기운이 빠진 것 같지 않아? 뭔가 비실비실한 느낌이랄까?"

"맞아. 비실비실 대신 비시비시라고 말하면 정말 커다란 게 빠진 느낌이잖아."

맞장구를 치던 보라와 피노키오는 선생님을 쳐다봤어.

"받침 다 찾았어요. 이제 도시락을 주세요. 퀴즈를 다
맞히면 도시락을 주겠다고 약속하셨잖아요."

"저기 부사 식당에 가 봐."

선생님이 무심하게 어딘가를 가리켰어.

"저기에서 도시락을 나눠 주는 건가요?"

"일단 가 봐. 그러면 저기에서 도시락을 나눠 주는지, 안 나눠 주는지 알 수 있을 거야."

보라와 피노키오는 '부사 식당 가는 길'이라고 적힌 표지판을 따라갔어.

"택시 기사님들이 밥 먹는 기사 식당은 들어 봤어도, 부사 식당은 처음 들어. 어떤 식당이려나?"

부사 식당의 주인은 문어 나라의 여섯 가문 중 하나인 어찌씨였어. 어찌씨는 보라와 피노키오를 발견하고는 쭈뼛거리며 물었어.

"안녕? 뭐 먹을래?"

메뉴판은 빈칸투성이였어. 음식을 설명하는 칸마다 비어 있어서 어떤 음식인지 알 수가 없었지.

"메뉴가 빈칸투성이네요……? 어떤 음식인지 몰라서 뭘 시켜야 할지 모르겠어요."

"그게 바로 부사 식당의 특징이야. 메뉴 이름을 손님이 정하지."

"네? 그런 게 어딨어요?"

"바로 여기!"

어찌씨가 줄줄 읊었어.

"여기는 '부사 식당'이라는 이름답게 음식 앞에 부사가 꼭 붙지. 부사는 다른 말로 어찌씨. 어찌씨는 다른 말로 부사.

비빔밥, 달걀말이, 짬뽕. 평범한 이름 싫어 싫어. 어차피 비빔밥, 하물며 달걀말이, 기어이 짬뽕. 특이한 이름을 지어 줘. 어찌씨를 넣어서 특이한 이름을 지어 주면 음식이 공짜 공짜. 빈털터리도 이름만 잘 지으면 공짜 공짜. 단, 메뉴에 없는 것만 공짜 공짜. 맨 마지막 말을 절대로 잊지 마, 잊지 마."

빈칸에 어울리는 어찌씨를 낱말 서랍에서 골라 써 줘.
낱말 서랍에 적힌 뜻을 보면 고르기 쉬울 거야.

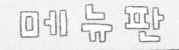

메뉴판

뭐가 들었을까? ●●●● 헷갈리는 만두

아무리 매워도 ●●● 먹고야 마는 짬뽕

둥근 보름달이 뜨면 ●●●● 생각나는 호떡

노른자가 한가운데 ●●●● 놓인 달걀 프라이

●●●● 망설이면 금방 불어 터지는 우동

덩그러니: 홀로 우뚝 드러난 모양.

긴가민가: 그런지, 그렇지 않은지 분명하지 않은 모양.

기어코: 어떤 일이 있더라도 반드시.

우물쭈물: 분명히 하지 않고 자꾸 망설이는 모양.

슬그머니: 혼자 마음속으로 은근히.

"오, 제법인데? 마음에 쏙 들어. 이제 주문해도 돼."

"전 기어코 짬뽕에 덩그러니 프라이 주세요!"

"전 긴가민가 만두에 우물쭈물 우동이요."

보라와 피노키오는 순식간에 그릇을 비웠어.

"잘 먹었습니다!"

식당을 나오려는데 어찌씨가 앞을 가로막았어.

"다 먹었으면 밥값을 내야지."

"아까 공짜라고 하셨잖아요."

"세상에 공짜가 어디 있어?"

"분명히 '이름만 잘 지으면 공짜 공짜'라고 하셨어요. 이름이 마음에 쏙 든다고도 하셨고요."

"다음 문장을 들었어야지. 이름만 잘 지으면 공짜 공짜! 단, 메뉴에 없는 것만 공짜 공짜!"

"말도 안 돼!"

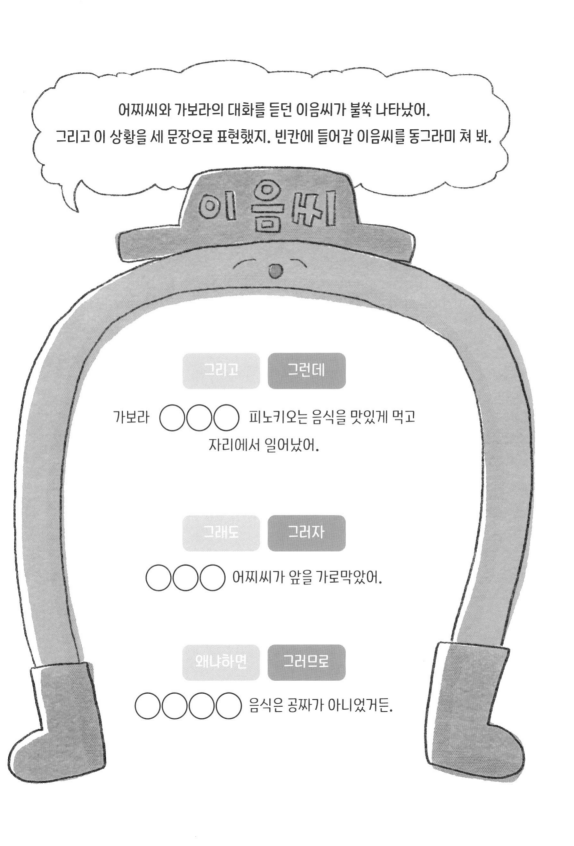

어찌씨와 가보라의 대화를 듣던 이음씨가 불쑥 나타났어.
그리고 이 상황을 세 문장으로 표현했지. 빈칸에 들어갈 이음씨를 동그라미 쳐 봐.

이음씨

그리고　　그런데

가보라 ◯◯◯ 피노키오는 음식을 맛있게 먹고 자리에서 일어났어.

그래도　　그러자

◯◯◯ 어찌씨가 앞을 가로막았어.

왜냐하면　　그러므로

◯◯◯◯ 음식은 공짜가 아니었거든.

어찌씨는 어차피 이렇게 된 거 이번만 봐주겠다고 했어. 보라와 피노키오는 손을 맞잡고 방방 뛰었어.

"드디어 소풍을 갈 수 있어!"

"소풍을 못 갈까 봐 얼마나 마음이 조마조마했다고."

그때 보라와 피노키오 발밑에서 소리가 들렸어.

"가 보나 마나야. 그 소풍."

"넌 누구야?"

"난 달팽이. 여기저기 등장해서 유용한 정보만 쏙쏙 알려 주지. 너희 꼭 소풍을 가야겠어?"

"응! 시원한 바람, 파릇파릇한 잔디, 활기찬 웃음소리. 소풍은 언제 가도 즐겁잖아."

배도 부르겠다, 잔뜩 신이 난 피노키오가 춤까지 추기 시작했어.

"그렇게 가고 싶으면 가. 나는 분명 말했어. 가 보나 마나라고. 나중에 나를 원망하지 않겠다고 약속해."

보라와 피노키오가 달팽이의 눈앞에 새끼손가락을 들어 보였어.

"약속!"

보라와 피노키오는 달팽이 몰래 속삭였지.

"소풍 가는데 왜 저렇게 겁을 준담."

"그러게 말이야."

어느덧 보라와 피노키오는 조마조마 숲에 도착했어. 그런데 아무도 안 보였어.

"설마 우리만 빼놓고 보물찾기라도 하나?"

선생님이 스르륵 나타나 어깨를 톡톡 두드렸어.

"드디어 왔구나. 얼른 과자집으로 가. 거기에 다들 모여 있어."

"과자집이 어디인데요?"

"기역 씨한테 문어 나라 지도 안 받았어? 펼쳐 봐."

조마조마 숲 안쪽에 과자집이 그려져 있었어. 얼핏 봐도 거리가 멀어 보였지. 걱정하는 보라의 마음을 읽은 듯, 선생님이 솔깃한 제안을 했어.

"길고 긴 길을 한 뼘으로 줄여 주는 신발을 줄까? 이름하여 길 줄여 신발!"

"그런 게 있어요?"

"물론이지. 말했잖아. 여긴 책 속이라고. 대신 퀴즈를 맞혀야 해."

"또 퀴즈인가요? 꼭 어휘 함정에 빠진 것 같아요."

멀고 먼 과자집을 가깝게 하고 싶다면
반대말을 찾아 이어 봐.

멀다

적다

많다

뜨겁다

빠르다

느리다

차갑다

작다

크다

가깝다

과연 길 줄여 신발이야!

슈웅, 신발을 신자마자 과자집에 도착했어.

문 앞에서 한 여자아이가 인사를 건넸지.

"어서 오지 마세요."

인사가 조금 이상했어. 피노키오가 귀를 후비며 보라의 옆구리를 툭 쳤어.

"어서 오라는 거야? 말라는 거야? 나는 제페토 할아버지가 깜빡하고 귓구멍을 안 만드는 바람에 잘 안 들려. 보라 너는 들었어?"

"얼핏 들으면 '어서 오세요' 같은데 자세히 들으면 '어서 오지 마세요' 같아. 헷갈려."

그때 여자아이 옷에 달린 이름표가 눈에 띄었어.

"그레텔? 네가 그레텔이구나. 우리 반에 네 오빠 헨젤이 있는데."

"나도 알아."

그레텔은 새침했어.

"헨젤도 여기 오지 않았어? 모두 어디 갔어?"

"내가 오빠한테도 어서 오지 말라고 했는데……. 다들 왜 온 거야……."

그레텔이 뒷말을 흐렸어.

"뭐라고? 아, 과자집에서 다들 보물찾기를 하는 중인

가? 내가 이럴 줄 알았어. 우리만 빼놓고 벌써 놀고 있던 거야."

피노키오가 아쉬워하며 무릎을 쳤어. 보라는 과자집에 시선을 빼앗긴 채 마카롱 창문과 사탕 문고리를 조금씩 맛보고 있었지. 어느새 나타난 선생님이 또 한 번 어깨를 톡톡 두드렸어.

"계속 과자만 먹을 거야? 그사이에 다른 애들이 보물을 다 찾아 버릴 텐데?"

소풍하면 보물찾기, 보물찾기하면 소풍인데 이대로 가만 있을 순 없지! 보라와 피노키오가 동시에 외쳤어.

"지금 당장 보물찾기를 할래요!"

보물 상자 안에는 번쩍번쩍 빛나는 보석이 한가득 들어 있었어. 얼마나 반짝거리는지 보라와 피노키오는 눈도 못 뜰 정도였어. 피노키오가 보물 상자를 들고 있는 움직씨를 향해 손을 내밀었어.

"이제 보물은 저희 거죠?"

"물론이지!"

보라와 피노키오는 날아갈 듯 기뻤어. 얼른 보물을 찾아 친구들이 있는 곳으로 가고 싶었어.

"노란색, 파란색, 초록색, 분홍색 보석 중 하나를 골라."

"하나만요?"

"그럼 이 많은 걸 다 가지려고 했어? 신중히 골라야 할 거야. 이 중 하나는 그림씨 거라서, 그걸 고르면 또 보물 찾기를 해야 할지도 모르거든."

보라와 피노키오는 고민하고 또 고민했어.

"보라야, 분홍색 어때?"

"분홍색은 느낌이 안 좋아. 초록색 어때?"

"초록색은 왠지 그림씨가 좋아할 것 같은데…….."

"에잇, 모르겠다. 파란색 할까?"

"그래, 모르겠다. 파란색 하자!"

움직씨가 정말 파란색 보석으로 하겠냐고 물었어. 보라와 피노키오는 크게 고개를 끄덕였어. 움직씨는 보물 상자 깊숙한 곳에 손을 넣었어. 그러고는 뒤에 조용히 앉아 있던 그림씨에게 파란색 보석을 건넸지.

"안 돼!"

"거짓말!"

"나 움직씨는 거짓말 안 해. 봐, 여기 파란색 보석에 '그림씨'라고 이름 써 있지?"

정말이었어. 보라와 피노키오의 슬픔을 아는지 모르는지, 그림씨는 벌써 멀리 달아난 후였어. 움직씨가 보라의 어깨를 토닥였어.

"슬퍼할 시간 없어. 자, 두 번째 보물찾기 시작!"

그림씨가 파란색 보석 대신 꽃다발을 건넸어. 향긋한 꽃향기가 은은하게 퍼졌지. 피노키오가 투덜거렸어.

"실망하긴 일러. 꽃다발이 얼마나 가치 있는 보물인지 나중에 알게 될 테니까."

"칫, 아무리 그래도 그렇지. 꽃다발이 보물이라니. 근데 선생님이 다른 친구들도 보물찾기 중이라고 하지 않았어? 왜 한 명도 안 보이지?"

"그러게……. 혹시 보물을 못 찾았나? 아니면 아직 미로 안에 있나?"

그때 어디선가 희미한 비명 소리가 들렸어.

"우리 좀 꺼내 줘! 우리 좀 구해 줘!"

깜짝 놀란 보라와 피노키오는 서로를 쳐다봤어.

"피노키오, 들었어?"

"보라 너도 들었어?"

보라와 피노키오가 소리 나는 곳으로 급하게 뛰어갔어. 달려간 곳에는 무시무시한 쇠창살이 있었고, 그 안에는 반 친구들이 갇혀 있었어. 라푼젤이 울음을 터뜨렸어.

"이게 다 선생님, 아니 마귀할멈 때문이야! 우리를 가뒀어."

"뭐? 정말 선생님이 아니라 《헨젤과 그레텔》에 나오는 마귀할멈이라고?"

헨젤이 씩씩거렸어.

"소풍 가자고 거짓말한 다음, 우리를 이곳에 가뒀어. 아마 이제 내가 등장하는 《헨젤과 그레텔》 이야기처럼 우리를 통통하게 살 찌운 다음 잡아먹을 거야."

과자집 앞에서 보라와 피노키오를 반기듯 반기지 않은 그레텔이 말을 이어받았어.

"그래서 내가 '어서 오지 마세요.'라고 했잖아. 내 말 좀 들어 주지."

"가보라, 안 듣고 뭐 했어?"

책먹나가 보라를 노려봤어. 보라는 억울했어. 그레텔이 정말 작은 소리로 이야기했으니까. 강해 보이던 후크 선장도 목이 터져라 울기 시작했어.

보라가 박수를 짝 쳤어.

"다들 뚝! 그만! 나한테 좋은 생각이 있어."

모두 귀를 쫑긋했어.

"방 탈출이라고 들어 봤어? 어느 방에 갇히든 방 안을 잘 살피면 나가는 방법을 찾을 수 있대. 울지만 말고 다 같이 방법을 찾아보는 건 어때?"

"여기 어디 열쇠라도 있다는 거야? 그럼 어서 내게 가

져오너라!"

왕자가 거들먹거리며 말하자 보라가 말했어.

"가져오긴 뭘 가져와. 찾으려면 다 같이 찾아야지. 열쇠일 수도 있고, 실마리일 수도 있고!"

"실마리가 뭔데?"

"실마리는 어떤 사건을 풀어 나갈 수 있는 단서나 힌트

같은 거야."

그때 알 수 없는 고약한 냄새가 나기 시작했어.

"뭐야, 누가 방귀 뀌었어?"

방금까지만 해도 거들먹거리던 왕자가 수상하게 몸을
배배 꼬았어. 두 볼도 발그스레해졌고. 모두 방귀를 뀐
범인을 단번에 눈치챘지.

"왕자, 네가 뀌었지?"

"어떻게 알았어? 난 스트레스를 많이 받거나 머리를
심하게 쓰면 방귀가 나와. 우리 엄마 아빠도 그래. 집안
내력이랄까?"

"그러면 머리를 더 심하게 써 봐."

보라의 말에 후크 선장이 코를 막으며 소리쳤어.

"무슨 소리야? 그러면 우리 모두 독한 방귀에 숨이 막
혀 큰일이 날지도 몰라!"

"모두 저기를 봐."

보라가 천장 구석을 가리켰어. 빨간 빛이 반짝거리는
안전장치가 보였지.

"방귀 연기가 가득 차면 안전장치가 작동할 거야. 그러면 우리는 밖으로 나갈 수 있어!"

"좋은 생각인데? 그러면 내가 머리를 쓸 수 있게 어려운 퀴즈를 내 봐!"

가장 어려운 퀴즈는 뭐니 뭐니 해도 선생님의 비밀!
정말 선생님이 마귀할멈일까?
다음 글에서 맞는 말을 골라 동그라미 치고 순서대로 읽어 봐.
그러면 선생님의 정체를 알게 될 거야.

1. 보라는 책 먹는 하이에나와 함께 문어 초등학교에 왔어.   마
   보라는 책 먹는 여우와 함께 문어 초등학교에 왔어.   진

2. 교실에는 헨젤과 그레텔이 있었어.   짜
   교실에는 헨젤만 있었어.   귀

3. 우리는 삼행시를 지어 내가 누구인지 소개했어.   할
   우리는 노래를 불러 내가 누구인지 소개했어.   담

4. 문어 나라는 '문제없는 문어들의 나라'의 줄임말이야.   임
   문어 나라는 '문해력 늘어 나라'의 줄임말이야.   멈

어느새 방 안이 왕자의 방귀 연기로 가득 찼어. 안전장치가 따르르릉 울리더니 철커덩 쇠창살이 올라갔지.

"무슨 일이야!"

마귀할멈이 뛰쳐나왔어. 구석에 몸을 숨기고 있던 후크 선장이 얼른 마귀할멈을 잡았어.

"얘들아, 지금이야. 마귀할멈의 출석부를 빼앗아. 그러면 마법을 못 쓸 거야."

"안 돼! 펼쳐 보지 마!"

"어디 보자. 우리에게 무슨 마법을 걸었는지······. 어? 이게 다 뭐야?"

보라는 눈이 동그랗게 커지더니, 출석부를 한 장 한 장 천천히 넘기기 시작했어. 모두 고개를 갸우뚱했어. 참다 못한 그레텔이 고개를 쭉 빼고 들여다보았어.

"무시무시한 마법은커녕 우리 이름이 적혀 있잖아?"

가보라

말하는 모습이 귀엽다.
그런데 나를 안 좋아하는 것 같다. 왜일까?

헨젤

공부를 잘하고 똑똑하다.
그런데 나를 두려워하는 것 같다. 왜일까?

그레텔

상냥하게 인사하는 모습이 예쁘다.
그런데 나를 무서워하는 것 같다. 왜일까?

훅선장

언제 어디서든 용감하고 씩씩하다.
그런데 나를 멀리하는 것 같다. 왜일까?

빨간 모자

할머니를 잘 보살피는 마음씨 좋은 친구다.
그런데 나를 피하는 것 같다. 왜일까?

피노키오

길쭉한 코가 멋지다.
그런데 나를 싫어하는 것 같다. 왜일까?

라푼젤

친구를 따뜻하게 대한다.
그런데 나를 차갑게 바라보는 것 같다. 왜일까?

왕자

나와 웃음 코드가 비슷해서 재미있다.
그런데 나를 재미없어 하는 것 같다. 왜일까?

마귀할멈이 울먹거리며 말했어.

"출석부 아니야⋯⋯. 내 비밀 일기장이야⋯⋯. 남의 일기장을 보면 어떡해?"

"이게 다 뭐예요?"

"거기 써 있잖아. 내가 너희를 좋아하는 이유⋯⋯. 그런데 너희는 나를 피하기만 하잖아. 나랑은 아무도 안 놀아 주고⋯⋯."

모두 깜짝 놀랐어. 진짜인 것 같으면서도 믿을 수 없는 이야기가 한둘이 아니었지.

"저희를 좋아하는데 왜 숲 가장 안쪽에 있는 과자집으로 데리고 왔어요? 왜 우리를 쇠창살이 둘러싸인 함정에 가뒀어요?"

"과자집에는 맛있는 게 많으니까 너희 많이 먹으라고 그런 거지. 그리고 쇠창살 아니야. 길쭉하고 맛있는 젤리야!"

마귀할멈은 쇠창살인 줄로만 알았던 젤리를 쭈욱 길게 늘였어. 녹슨 것처럼 보이던 가루들은 알고 보니 새콤달콤한 가루였지.

"난 그저 너희 곁에서 같이 놀고 싶었을 뿐이야. 그런데 나더러 아이들을 잡아먹는 마귀할멈이라고 하다니. 나는 《헨젤과 그레텔》에 나오는 마귀할멈과 다르단 말이야. 그냥 이름만 똑같은 마귀할멈일 뿐이라고. 너무 억울해……."

마귀할멈은 울음을 그치지 않았어.

"난 너희랑 누구보다 친하게 신나게 재밌게 놀고 싶었을 뿐이야. 가보라는 말하는 모습이 귀여워서 계속 퀴즈를 내며 말을 걸었던 거고, 너희가 과자집에서 맛있게 먹는 모습을 보고 싶어서 빨리빨리 움직이라고 했던 건데. 흐아아앙."

마귀할멈의 울음소리는 어마어마했어. 보라는 귀를 막을까, 하다가 마귀할멈이 또 상처를 받을지도 모른다는 생각에 꾹 참았지.

똑똑한 헨젤이 앞에 나와 말했어.

"그러니까 친구가 필요하다는 말이죠?"

"끄윽, 윽, 응……."

마귀할멈이 고개를 끄덕였어.

"친구는 겁을 주는 게 아니에요."

"그럼?"

"같이 즐겁게 놀아야죠."

"어떻게 노는데?"

"우선, 같이 맛있는 걸 잔뜩 먹어야 해요."

말이 떨어지자마자 모두 과자집에서 자기가 좋아하는
과자를 와구와구 뜯어 먹었어.

"오, 아까 먹다 말아서 얼마나 아까웠는데."

후크 선장이 기둥에서 젤리를 뜯어 먹었어.

"살살 녹는다, 마카롱."

보라는 창문에 붙은 마카롱을 입안 가득 넣었어.

"난 과자보다 책이 맛있는데."

달고나 벽지를 뜯어 먹던 책먹나는 입맛을 쩝쩝 다시
며 투덜거렸어.

"다 먹었으면 그다음엔 어떻게 해?"

마귀할멈이 기다리다 못해 물었어.

"그다음에는 같이 놀아야죠."

"무슨 놀이를 하지?"

"여긴 게임기도 컴퓨터도 없는데?"

후크 선장이 퉁명스럽게 말했어. 가보라가 대답했지.

"컴퓨터가 없어도 하루 종일 재미있게 놀 수 있어. 지금부터 세 글자 끝말잇기 시작! 컴퓨터!"

헨젤이 끝말을 이었어.

"터미널!"

그레텔이 끝말을 이었어.

"널뛰기!"

피노키오가 끝말을 이었어.

"기러기!"

빨간 모자가 끝말을 이었어.

"기찻길!"

후크 선장이 끝말을 이었어.

"길잡이!"

라푼젤이 끝말을 이었어.

"이슬비!"

왕자가 끝말을 이었어.

"비행장!"

책먹나가 끝말을 이었어.

"장미꽃!"

드디어 마귀할멈의 차례였어. 마귀할멈은 발을 동동
굴렀어.

"꽃이라……. 꽃으로 시작하는 말이 뭐가 있지? 나만
어려운 걸 내기야? 너희 일부러 그랬지?"

마귀할멈이 화를 내려는 순간, 보라가 어디론가 뛰어
갔어. 그리고 헐레벌떡 다시 돌아와 아까 보물로 찾은 꽃
다발을 마귀할멈에게 내밀었어. 울그락불그락했던 마귀
할멈의 얼굴이 환하게 밝아졌어.

"그렇지! 꽃다발!"

기뻐하는 마귀할멈의 모습에 보라도, 라푼젤도, 피노
키오도, 툴툴대던 후크 선장도 모두 기분이 좋아졌어. 다
들 신이 나 손을 맞잡고 자리에서 빙빙 돌았어.

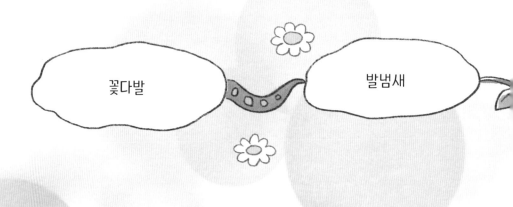

꽃다발   발냄새

'꽃다발'로 끝말잇기가 끝나서 아쉬웠지?
이다음부터는 너에게 맡길게!
끝말잇기를 해 봐. 글자 수는 상관없어.

“어때요, 재밌죠? 친구와는 이렇게 노는 거예요!”

“그러게. 너무 재미있네!”

책먹나가 주섬주섬 일어났어.

“다 놀았으면 이제 집에 가자!”

마귀할멈은 아쉽다며 왕자의 옷을 꽉 잡고 놓아주지 않았어.

“다 가면 어떡해? 나만 두고 가지 마.”

“아쉬워야 다음 만남이 있는 법이죠!”

보라와 친구들이 마귀할멈을 달랬지만, 울음은 그칠 줄 몰랐어. 모두 어쩔 줄 몰라 하는데 책먹나가 조용히 중얼거렸어.

“여기가 과자집이 아니라 도서관이라면 평생 이곳에 살 텐데. 아쉽군.”

언제 울었는지, 마귀할멈이 눈물을 뚝 그쳤어. 그리고 책먹나를 뚫어지게 바라보았지.

“그게 정말이야? 진작 말하지. 새콤달콤 과자집아 소름 끼치게 멋진 도서관으로 바뀌, 바뀌, 바뀌어라!”

마귀할멈의 주문에 과자집이 크고 멋진 도서관으로 변했어. 세상에서 책을 가장 좋아하는 책먹나는 신이 나 도서관 계단을 오르내리며 책을 구경했어. 배고플 때마다 책을 먹는 것도 잊지 않았고.

보라도 슬금슬금 옆으로 다가갔어. 같이 소풍을 다녀온 동화 속 친구들의 이야기를 더 알고 싶었거든.

조용한 도서관에 왕자의 목소리가 울려 퍼졌어.

"도서관만 오면 배가 아픈 것 같아. 나는 이만 간다!"

과자집이 도서관으로 변한 순간부터 땀을 삐질삐질 흘리던 왕자는 부리나케 도서관을 떠났어. 다른 친구들도 저마다의 이유를 대며 밖으로 향했어. 도서관에는 보라와 책먹나, 마귀할멈만 남았지.

보라가 책장을 둘러보고 있었어. 그때 창문에 그림자가 휙 비쳤다가 사라졌어.

'누구지? 또 책먹나인가?'

하지만 책먹나는 보라 바로 옆에 있었어. 보라는 오소소 소름이 돋았어.

"분명 무언가 지나갔는데……."

보라는 갸우뚱하며 책 한 권을 꺼냈어.

"에잇, 모르겠다. 그나저나 이 책에도 문이 있을까? 책먹나가 모든 책에는 책 속으로 들어가는 문이 있다고 했는데."

보라는 비밀의 문을 찾기 위해 또박또박 책을 읽기 시작했어.

"아주 먼 옛날, 어느 먼 나라에 용감한 아이가 태어났어요. 아이의 이름은……."

그때 다시 한번 창문에 그림자가 휙 비쳤다가 사라졌어. 하지만 보라는 눈치채지 못했어. 재미있는 이야기에 푹 빠진 지 오래였거든.

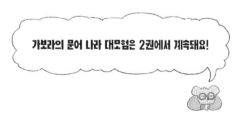

가보라의 문어 나라 대모험은 2권에서 계속돼요!

10~11쪽

20~21쪽

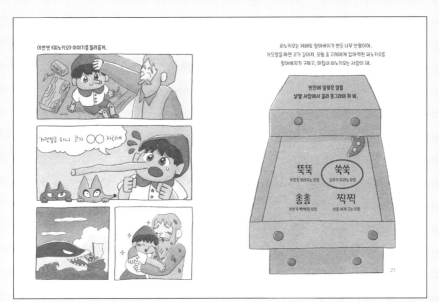

이번엔 《피노키오》 이야기를 들려줄게.

거짓말을 하니 코가 ○○ 자리네

피노키오는 제페토 할아버지가 만든 나무 인형이야.
거짓말을 하면 코가 길어져. 모험 중 고래에게 잡아먹힌 피노키오를
할아버지가 구하고, 마침내 피노키오는 사람이 돼.

빈칸에 알맞은 말을
낱말 서랍에서 골라 동그라미 쳐 봐.

뚝뚝
무언가 부러지는 모양

쓱쓱
갑자기 자라는 모양

총총
무언가 빽빽한 모양

찍찍
선을 세게 긋는 모양

23

22~23쪽

《빨간 모자》는 어떤 이야기냐고?

할머니 어쩜 이가 왜 그렇게 ○○해요?

빨간 모자는 엄마 심부름으로 할머니 댁으로 가는 길에 늑대를 만나.
늑대는 할머니가 아픈던 걸 알고 할머니를 잡아먹은 뒤,
할머니인 척 빨간 모자를 속이지.
그때 사냥꾼이 나타나 늑대를 물리치고, 할머니와 빨간 모자는 행복하게 살아.

빈칸에 알맞은 말을
낱말 서랍에서 골라 동그라미 쳐 봐.

뾰족
사물의 끝이
날카로운 모양

뭉툭
사물의 끝이
날카롭지 않고
무딘 모양

25

24~25쪽

99

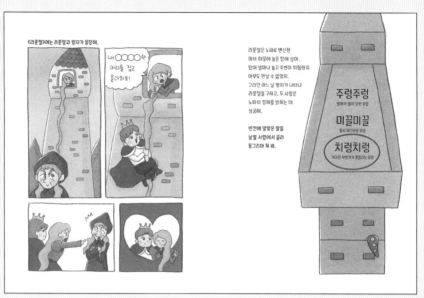

《라푼젤》에는 라푼젤과 왕자가 등장해.

내 ○○○○한
머리를 겁고
올라오요!

라푼젤은 노파로 변신한
마녀 때문에 높은 탑에 살아.
탑이 얼마나 높고 주변이 위험한지
아무도 만날 수 없었지.
그러던 어느 날 왕자가 나타나
라푼젤을 구하고, 두 사람은
노파의 정체를 밝히는 데
성공해.

빈칸에 알맞은 말을
낱말 서랍에서 골라
동그라미 쳐 봐.

주렁주렁
열매가 많이 달린 모양

미끌미끌
몹시 미끄러운 모양

치렁치렁
기다란 무언가가 휘둘리는 모양

26~27쪽

마지막으로 후크 선장이 나오는 《피터팬》 이야기야 알아.

나의 ○○○○한
칼을 받아라

피터팬과 팅커벨,
웬디와 그 동생들이 네버랜드라는
환상의 나라로 향해.
네버랜드에서 웬디와 동생들은
후크 선장에게 붙잡히고,
피터팬은 후크 선장과
맞서 싸워 이기지.

빈칸에 알맞은 말을
낱말 서랍에서 골라 동그라미 쳐 봐.

부들부들
싫어 않는 느낌이 부드러운 모양

무시무시
몹시 무서운 모양

29

28~29쪽

34~35쪽

36쪽

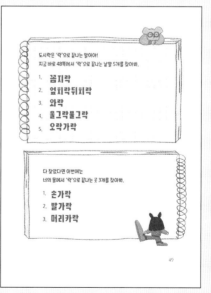

49쪽

보라는 도시락을 받을 생각에 두 손을 번쩍 내밀었어.
하지만 선생님은 피, 웃을 뿐이었지.
"퀴즈가 아직 남았다고, 우선 두 명씩 짝을 지어 봐!"
보라는 피노키오와 짝이 되었어. 이유는 가보라와 피
노키오 둘 다 이름에 받침이 없기 때문이라나 뭐라나?
"자기 짝을 찾았다면 이제 퀴즈 시작!"

낱말이 완성되도록 사라진 받침을 찾아 빈칸에 써 줘.

고야이 애버레
ㅇ ㄹ
자자리
ㅁ

낱말의 받침이 사라졌어!
ㄱㄴㄷㄹㅁㅂㅅㅇㅈㅊㅋㅌㅍㅎ 중 과연
어떤 받침이 사라졌을까?

50~51쪽

빈칸에 어울리는 어찌씨를 낱말 서랍에서 골라 써 줘.
낱말 서랍에 적힌 뜻을 보면 고르기 쉬울 거야.

메뉴판

뭐가 들었을까? 긴가민가 헷갈리는 만두
아무리 매워도 기어코 먹고야 마는 짬뽕
둥근 보름달이 뜨면 덩그러니 생각나는 호떡
노른자가 한가운데 덩그러니 놓인 달걀 프라이
우물쭈물 망설이면 금방 불어터지는 우동

만두   김밥   호떡   달걀   우동
                        프라이

덩그러니: 홀로 외떨어져 있는 모양.
긴가민가: 그런가, 그렇지 않은가 분명하지 않은 모양.
기어코: 어떤 일이 있더라도 반드시.
우물쭈물: 망설이며 자꾸 망설이는 모양.
슬그머니: 혼자 마음속으로 은근히.

56~57쪽

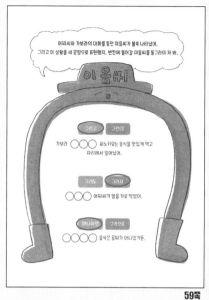

59쪽

63쪽

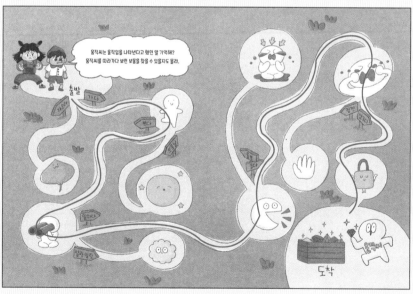

68~69쪽

103

72~73쪽

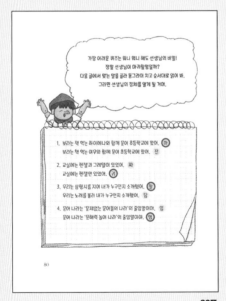

80쪽